6 Mai 1873

VENTE

Après le Décès

DE

Mme la Marquise de BOISSY

Me DUBOURG, Commissaire-Priseur
Rue Laffitte, 9

MM. DHIOS ET GEORGE
EXPERTS
Rue Le Peletier, 33

M. AUGUSTE AUBRY
LIBRAIRE
Rue Séguier, 18

CHEZ LESQUELS SE DISTRIBUE LE CATALOGUE.

PARIS — 1873

EXEMPLAIRE DE DHIOS

Vᵉˢ RENOU, MAULDE et COCK

IMPRIMEURS DE LA COMPAGNIE DES COMMISSAIRES-PRISEURS

Rue de Rivoli, 144

CATALOGUE

D'un nombreux

MOBILIER

BELLES TAPISSERIES DES GOBELINS

Meubles Louis XIV, Louis XV et Louis XVI

MARBRES : Statue et grands Vases

BRONZES

Chenets Louis XIV, Vases, grands Lustres, Appliques, etc.

PORCELAINES DU JAPON

POTICHES ET CORNETS FORMANT TORCHÈRES

Magnifique Glace de Venise

TABLEAUX ANCIENS

LIVRES

MEUBLES, ARGENTERIE, VINS, VOITURE

Dont la vente aux enchères publiques aura lieu

Après Décès de Mme la marquise de BOISSY

EN SON HOTEL

RUE SAINT-LAZARE 84.bis (CITÉ DE LONDRES, 4)

Les Lundi 26, Mardi 27, Mercredi 28, Jeudi 29 et Vendredi 30 Mai 1873

A UNE HEURE

Par le ministère de **Me DUBOURG**, Commissaire-Priseur,
rue Laffitte, 9,

Assisté, 1° de **MM. DHIOS** et **GEORGE**, Experts, rue Le Peletier, 33;

2° de **M. Aug. AUBRY**, Libraire-Expert, rue Séguier, 18.

EXPOSITIONS PUBLIQUES

Les Samedi 24 et Dimanche 25 Mai 1873, de 2 heures à 5 heures.

PARIS — 1873

CONDITIONS DE LA VENTE

Elle sera faite expressément au comptant.

Les Acquéreurs paieront, en sus de l'adjudication, CINQ CENTIMES PAR FRANC, applicables aux frais.

L'Exposition mettant le Public à même de se rendre compte de l'état des Objets, aucune réclamation ne sera admise une fois l'adjudication prononcée.

ORDRE DES VACATIONS

Le Lundi 26 Mai 1873, à une heure. — Coupé de Binder, Batterie de cuisine, Services en porcelaine, Cristaux, Plaqué et Argenterie.

Le Mardi 27 Mai 1873, à une heure. — Tableaux et Gravures, Meubles anciens, Curiosités, Tapisseries des Gobelins, Glace de Venise, Porcelaines du Japon, Bronzes, Marbres et Objets d'art.

Le Mercredi 28 Mai 1873, à une heure. — Les Livres.

Le Jeudi 29 Mai 1873, à une heure. — Dentelles anciennes, Points d'Alençon, Malines, Valenciennes, Applications et Robes en pièces en velours, soie, satin, brocart et mousseline; très-beau Service de table en fil damassé aux armes et le commencement du Mobilier en palissandre, acajou et en bois doré.

Le Vendredi 30 Mai 1873. — La continuation de la vente du Mobilier, la grande Bibliothèque, les Meubles de salon en soie, les Tentures, les Caisses de sûreté, la Literie, le Vin et les Liqueurs.

DÉSIGNATION

TAPISSERIES

1 — Magnifique Tenture en ancienne tapisserie des Gobelins, composée de quatre panneaux, représentant des Fêtes indiennes, sous des portiques, en présence d'un souverain, des Danses, etc. Belles compositions, dans le style de Berain.

1° Grande Tapisserie	H. 3ᵐ.	L. 5ᵐ70
2° Une autre Tapisserie	H. 3ᵐ.	L. 3ᵐ23
3° et 4° Deux Panneaux	H. 3ᵐ.	L. 1ᵐ12

2 — Bordures en ancienne tapisserie des Gobelins.

3 — Tapisseries au petit point, pour siéges et fauteuils.

MEUBLES ANCIENS

4 — Belle Bibliothèque Louis XIV, à trois portes, en bois satiné, richement garnie de bronzes ciselés et dorés.

5 — Grand Meuble Louis XV, a deux corps, en bois violet, formant secrétaire et bibliothèque, avec portes et glaces.

6 — Très-beau Bureau Louis XIV, couvert d'une marqueterie en bois de nuances variées, à rinceaux, fleurs et personnages.

7 — Console Louis XIV en bois sculpté et doré. Les pieds sont formés de cariatides de jeunes femmes ailées. Dessus en marbre.

8 — Deux belles Gaines plaquées de palissandre et garnies d'ornements d'applique en bronze; élégant modèle Louis XIV.

9 — Secrétaire bonheur du jour en bois rose et marqueterie (époque Louis XVI).

10 — Secrétaire-Chiffonnier en bois rose (époque Louis XVI).

11 — Chiffonnier en bois rose (époque Louis XVI).

12 — Autre petit Chiffonnier formant secrétaire (même époque).

13 — Petite Bibliothèque Louis XV en palissandre.

14 — Magnifique Glace de Venise, à ornements en relief, en glace blanche sur fond bleu, fronton à écusson et rinceaux.

15 — Meuble de salon Louis XV en bois doré, couvert en damas de soie rouge.

16 — Siéges Louis XIV et Louis XV.

17 — Meubles de salon, composés d'un canapé et huit fauteuils, couverts de bandes en tapisserie à la main (plusieurs siéges sont dégarnis).

18 — Huit Fauteuils Louis XIV couverts en tapisserie à la main, variés de dessins. Ils seront vendus séparément.

PORCELAINES DU JAPON

MARBRES, BRONZES, ARGENTERIE

19 — Deux grands Candélabres-Torchères, formés de potiches surmontées de cornets en ancienne porcelaine du Japon; décor bleu, rouge et or; monture en bronze doré.

20 — Deux Candélabres-Torchères en vieux Japon, potiches et cornets; belle monture en bronze doré.

21 — Vase, forme bouteille, en céladon bleu turquoise, à ornements et arêtes en relief.

22 — Grande Potiche en ancienne porcelaine du Japon.

23 — Deux grands Plats en vieux Japon bleu, rouge et or,

24 — Deux grands Plats en vieux Chine; décor à rosaces.

25 — Service en porcelaine de l'Inde d'environ 44 pièces : assiettes, plats, compotiers; décor à personnages.

26 — **Marbre**. Léda. Statue en marbre blanc. Haut., 1 m. 20 c.

27 — **Marbre**. Quatre Vases, forme Médicis, en marbre blanc. Haut., 90 c.

29 — **Marbre**. Vase, à anses détachées, orné à la gorge d'une guirlande de lierre et de palmettes au-dessus du piédouche. Haut., 67 c.

30 — Paire de Chenets Louis XIV en bronze doré: jeunes Femmes (Frileuses) assises sur des socles supportés par des dragons.

31 — Deux Vases en bronze, forme Médicis. La panse est
ornée de figures antiques en relief; anses détachées à mascarons.

32 — Très-grand Lustre, à 72 lumières, en bronze, garni
de cristaux taillés.

33 — Quatre grands Lustres d'applique en bronze, à 27
lumières, garnis de cristaux taillés.

34 — Deux Bras d'applique, à 12 lumières.

35 — Garniture (Empire) en bronze et marbre griotte.

36 — Un Lustre, deux Candélabres et deux Appliques en
bronze et dorure (Empire).

37 — Candélabre de surtout, à 12 lumières, supporté par
trois petits Génies en bronze doré.

38. — Deux Corbeilles-Guéridons.

39 — Un Plateau de surtout en bronze ciselé et doré.

40 — Deux paires d'Appliques Louis XV, à deux lumières.

41 — Petite paire de Flambeaux Louis XIV en argent
repoussé et ciselé.

42 — Sucrier en argent, modèle à pilastres et anneaux
avec fleurs de lys.

43 — Soupière Louis XIV en cuivre argenté; très-beau
modèle.

44 — Autre Soupière, même époque.

45 — Porte-Huilier en argent (Empire).

46 — Lot de Médailles et Monnaies en argent et bronze.

47 — Plusieurs Éventails anciens.

TABLEAUX

—

FLOTTE (Signé), 1759

48 — Port de mer.

49 — Bâtiment échouant contre des rochers.

50 — Marine : Clair de lune.

> Trois compositions de même dimension, dans le goût de J. Vernet.

MILÉ (Francisque)

51 — Grand Paysage historique.

52 — Pendant du précédent.

P. V. B. (Signé), 1649

53 — Chiens et Volaille plumée.

SNYDERS (École de)

54 — Fruits et Gibier.

TILBORCH

55 — Les Joueurs de cartes.

TITIEN (D'après)

56 — Danaé.

> Belle et ancienne reproduction.

ÉCOLE FRANÇAISE

57 — Marche d'armées.

Deux pendants, signés des initiales F. R.

ÉCOLE FRANÇAISE

58 — Nymphes et Amours.

ÉCOLE FRANÇAISE

59 — Diane au bain.

ÉCOLE FLAMANDE

60 — Concert d'oiseaux.

61 — Étude d'oiseaux.

ÉCOLE VÉNITIENNE

62 — Vénus et Adonis.

ÉCOLE ITALIENNE

63 — Grande Figure allégorique.

64 — Deux Peintures chinoises sur glaces, cadres Louis XIV en bois sculpté.

65 — Plusieurs Tableaux sous ce numéro.

66 — Environ quinze Gravures encadrées, d'après Baudouin, Greuze, Aubry, Berghem, etc.

CATALOGUE

DES LIVRES

COMPOSANT LA BIBLIOTHÈQUE

DE FEU Mme LA MARQUISE DE BOISSY

Au commencement de la vacation, il sera vendu un grand nombre d'Ouvrages reliés et brochés, non décrits au catalogue.

Tous les Livres seront vendus sans aucune garantie et ne seront sujets à rapport pour aucune cause.

M. Aug. AUBRY se chargera des Commissions pour les personnes qui ne pourraient assister à la vente.

CATALOGUE

DES LIVRES

COMPOSANT LA BIBLIOTHÈQUE

De feu Mme la marquise de BOISSY

1. **Agriculture** (Nouveau cours complet d'). *Paris, Deterville*, 1819; 13 vol. in-8, bas. rac. *Planches.*
2. **Annales** du Parlement français. *Paris*, 1839-46 ; 8 vol. gr. in-8, d.-rel.
3. **Arioste**. Roland furieux, traduit par Panckoucke et Framery. *Paris, Plassan*, 1787; 10 vol. in-18, bas. rac.
4. **Armengaud**. Les Galeries publiques de l'Europe (Rome). *Paris, Hachette*, 1859; in-fol., d.-rel. chag. rou., plats en percal., tr. dor. *Figures.*
5. **Balzac**. La grande Ville, nouveaux tableaux de Paris. *Paris*, 1834 ; 2 vol. in-8, br. *Figures.*
6. **Barante**. Histoire des ducs de Bourgogne de la maison de Valois (1364-1477). *Paris, Ladvocat*, 1824; 13 vol. in-8, d.-rel. v. viol.
7. **Barthélemy**. Voyages du jeune Anacharsis en Grèce. *Paris, Desray*, 1817 ; 7 vol. in-8 br. et atlas in-fol. dans un carton. *Pap. vélin.*
8. **Baudoin**. Exercice de l'infanterie française. 1757; in-fol. v. marbr., dent. *63 planches gravées par Baudouin.*

9. **Berthier** (Le général). Relation de la bataille de Marengo gagnée par Napoléon Bonaparte. *Paris, imp. imp.*, 1806; in-4. v. porph., tr. dor. *Carte et plans aux armes impér.*

10. **Biblia sacra**. Vulgatæ editionis. *Parisiis, Coustelier*, 1664; 3 vol. in-12, vél. *Interfoliés de pap. blanc avec notes manuscrites.*

11. **Biographie** nouvelle des contemporains, par Jay, Arnault, Jouy, etc. *Paris*, 1829; 20 vol. in-8, br.

12 **Blanc** (Louis). Histoire de dix ans (1830-1840). *Brux.*, 1844; 2 tom. en 1 vol. gr. in-8, d.-rel. veau fau.

13. **Boileau-Despréaux**. OEuvres complètes. *Paris, Dabo*, 1819; 3 vol. in-8, d.-rel.

14. **Bonaparte** (Le prince Louis-Lucien). Specimen lexici comparativi omnium linguarum Europæarum. *Florentiæ*, 1847; pet. in-fol. dem.-rel. mar. r. (*Capé*). — Parabola de seminatore ex Evangelio Matthæi in-72 Europæas linguas. *Londini*, 1857; in-8 mar. vert, tr. dor. — Catalogue des ouvrages de linguistique édités par le prince L.-Lucien Bonaparte. In-18, mar. r., tr. dor. Ens. 3 vol.
Envois autographes signés.

15. **Bonnefoux et Paris**. Dictionnaire de marine à voiles et à vapeur. *Paris, Arthus Bertrand, s. d.*; gr. in-8, d.-rel. v. bl. *Planches.*
Lettre d'envoi.

16. **Buffon**. Histoire naturelle générale et particulière, publiée par Sonnini. *Paris, Dufart*, an VIII-1808; 127 vol. in-8, v. rac. *Figures noires.*

17. **Buffon**. OEuvres complétes. *Paris, Pourrat*, 1837; 7 vol. gr. in-8, d.-rel. *Figures.*

18. **Bulletin des lois**. *Paris, Imp. nat.*, an II-1828; 75 vol. in-8, cart.

19. **Byron** (Lord). Finden's landscape and portrait illustrations, to the life and works of lord Byron. *London, Murray*, 1833; 3 vol. in-4, pap. vélin, mar. viol., tr. dor. *Jolies figures gravées sur acier.*

20. **Byron** (Lord). The prisoner of Chillon, poem. Illuminated by Andsley, architects. *London*, 1865; in-4, rel. percal., tr. dor. *Texte et encadrements chromolithographiés sur papier Bristol.*

20 *bis.* **Carmontelle**. Proverbes dramatiques. *Paris, Delongchamps*, 1822; 4 vol. in-8, br.

21. **Cervantes**. Histoire de l'admirable Don Quichotte de la Manche, traduction de Filleau de Saint-Martin. *Paris, Delongchamps*, 1825; 6 vol. in-8, br. *Portraits et figures.*

22. **Cervantes**. L'Ingénieux hidalgo Don Quichotte de la Manche, traduit par L. Viardot. *Paris, Dubochet*, 1845; gr. in-8, perc., tr. dor. *Vignettes de T. Johannot.*

23. **Chambray** (Le marquis de). Histoire de l'expédition de Russie. — Philosophie de la guerre. *Paris*, 1825; 4 vol. in-8, veau vert.
Envoi d'auteur.

24. **Chambray** (Le marquis de). Traité pratique des arbres résineux conifères à grandes dimensions. *Paris, Pillet*, 1845; gr. in-8, d.-rel.
Envoi d'auteur.

25. **Chamfort**. OEuvres complètes, recueillies et publiées avec une notice historique par Auguis. *Paris, Chaumerot*, 1824; 5 vol. in-8, br.

26. **Châteaubriand**. OEuvres complètes. *Paris, Ladvocat*, 1826; 28 tom. en 31 vol. in-8, v. rose, gauf., fil., tr. dor.
Envoi autographe signé de M. de Châteaubriand.

27. **Châteaubriand**. OEuvres complètes. *Paris, Pourrat*, 1838; 36 vol. in-8, d.-rel. bas. fauv. *Figures.*

28. **Cherrier** (De). Histoire de la lutte des Papes et des Empereurs de la maison de Souabe. *Paris, Furne,* 1858; 3 vol. in-8, br.

29. **Colbert.** Lettres, Instructions et Mémoires, publiés par F. Clément. *Paris, Imp. imp.,* 1861; 3 tom. en 5 parties gr. in-8, d.-rel. et br.

30. **COLLECTION DES AUTEURS LATINS**, publiée sous la direction de M. Nizard, avec la traduction en français. *Paris, Dubochet,* 1843-51; 27 vol. gr. in-8, br.

31. **Collin-Harleville.** OEuvres. *Paris, Delongchamps,* 1828; 4 vol. in-8, br.

32. **Corneille** (P.). OEuvres choisies. *Paris, Lheureux,* 1822; 5 vol. in-8, bas. gr. *Portraits.*

33. **Coste.** Voyage d'exploration sur le littoral de la France et de l'Italie. *Paris, Impr. impér.,* 1861; in-4, d.-rel. *Figures et cartes.*

34. **Couché** (J.). Galerie du Palais-Royal, gravée d'après les tableaux des différentes écoles qui la composent, avec description historique par l'abbé de Fontenai. *Paris,* 1786; in-fol. cart.

35. **Cours d'agriculture** théorique et pratique ou Dictionnaire raisonné et universel. *Paris, Déterville,* 1821; vol. in-8, veau rac. *Figures.*

36. **Dante Alighieri.** La Divina Commedia. *Firenze,* 1840; 3 vol. gr. in-8, d.-rel. *Figures.*

37. **Dante Alighieri.** La Divina Commedia. *Milano,* 1869; 2 vol. in-fol., d.-rel. *Figures de G. Doré,* et un vol. en feuilles *(le Paradis).*

38. **Desnoyers, Janin,** etc. Les Étrangers à Paris. *Paris, Warée, s. d.;* gr. in-8, br. *Figures.*

39. **Destouches.** OEuvres dramatiques. *Paris, Tenré,* 1820; 6 vol. in-8, br. *Portrait.*

40. **Dictionnaire** (Nouveau) d'histoire naturelle appliquée aux arts. *Paris, Deterville,* 1819; 3 vol. in-8, bas. rac. *Figures.*

41. **Dictionnaire universel** historique, critique et bibliographique. *Paris*, 1810; 20 vol. in-8, br.

42. **Diderot**. OEuvres, publiées par Naigeon. *Paris, Deterville, an VIII*; 15 vol. in-18, bas. rac.

43. **Duclos**. OEuvres. *Paris, Belin*, 1821; 3 vol. in-8, br.

44. **Dulaure**. Histoire de Paris. *Paris, Guillaume*, 1821; 7 vol. in-8, bas. *Figures*.

45. **Encyclopédie moderne**. Dictionnaire abrégé des sciences, des lettres, des arts. *Paris, F. Didot*, 1831; 27 vol. et 3 d'atlas. Ens. 30 vol. in-8, d.-rel. bas. viol.

46. **Figuier**. La Terre et les Mers. — La Terre avant le déluge. *Paris, Hachette*, 1863; 2 vol. gr. in-8, d.-rel., tr. dor. *Figures*.

47. **Florian**. OEuvres complètes. *Paris. Dufart*, 1803; 8 vol. in-8, br. *Figures d'après Quéverdo.*

48. **Galerie de Florence**. Tableaux, statues, bas-reliefs et camées de la Galerie de Florence et du palais Pitti, dessinés par Wicar. avec les explications par Mongez. *Paris, Lacombe*, 1789; 4 tom. en 2 vol. in-fol., d.-rel. mout. r., n. rog.
Bel exemplaire.

49. **Gibbon**. Histoire de la décadence et de la chute de l'Empire romain, traduction de Septchènes. *Paris*, 1788; 18 vol. in-8, bas. marbr.

50. **Golden verses** from the New Testament with illuminations and miniatures from celebrated missals and books of hours of the XIV and XV centuries. *London Camden Hotten*, pet. in-4, cart. *Jolies planches en chromolithographie.*

51. **Guerin** (Eugénie de). Journal et lettres, publiés par Trébutien. *Paris, Didier*, 1862; in-8, d.-rel. mar. vert.

52. **Guizot**. Collection des mémoires relatifs à la Révolution d'Angleterre. *Paris, Fichon-Béchet*, 1827; 25 vol. in-8, br.

53. **Hamilton**. OEuvres. *Paris, Salmon*, 1825 ; 2 vol. in-8, d.-rel.

54. **Homère**. OEuvres complètes, traduites en français par Bitaubé. *Paris, Boulland*, 1829 ; 4 vol. in-8, br.

55. **Horticulteur** (L') praticien. Revue de l'horticulture française et étrangère, publiée sous la direction de H. Galeoti. *Paris*, 1857-1862 ; 6 vol. gr. in-8, d.-rel. *Fig. coloriées.*

56. **Hume** (David). Histoire de la maison de Plantagenet sur le trône d'Angleterre, depuis l'invasion de Jules César. *Amsterd.*, 1765 ; 2 vol. — Histoire de la maison de Tudor. *Amsterd.*, 1763 ; 2 vol. — Histoire de la maison de Stuart. *Londres*, 1760; 3 vol. Ens., 7 vol. in-4, mar. r.

57. **IMITATION DE JÉSUS-CHRIST**. *Paris, Curmer*, 1856 ; gr. in-8, *texte, encadrements et figures en couleur*, relié en velours bleu, fermoirs. — Appendice à l'imitation de Jésus-Christ. 1 vol. gr. in-8 de texte, contenant l'ornementation des manuscrits ; d.-rel. mar. noir.

58. **Janin** (J.). La Bretagne. — La Normandie. *Paris, Bourdin*, 2 vol. gr. in-8. br. *Figures.*

59. **La Curne de Sainte-Palaye**. Mémoires sur l'ancienne chevalerie, avec notes par Ch. Nodier. *Paris, Delongchamps*, 1829; 2 vol. in-8, br. *Figures.*

60. **La Fontaine** (OEuvres de M. de). *Anvers, Sauvage*, 1726; 3 vol. in-4, v. marb.

61. **La Harpe**. Cours de littérature. *Paris, F. Didot*, 1821; 16 vol. in-8, d.-rel.

62. **La Harpe**. Lycée ou Cours de littérature. *Paris, Deterville*, 1818 ; 16 vol. in-8, bas. rac.

63. **Lamartine**. Cours familier de littérature. *Paris*, 1856-67; 14 vol. d.-rel. perc. et 30 livr. in-8.—Conseiller du peuple, 24 livr.

64. **Lamartine**. OEuvres complètes. *Paris, l'auteur*, 1860; 41 vol. in-8, d.-rel. bas. bl. (le dernier vol. br.)

65. **Las-Cases** (Le comte de). Mémorial de Sainte-Hélène. *Paris*, 1823, 8 vol. in-8, bas. rac. dent.

66. **Lavater**. La Physiognomonie ou l'Art de connaître les hommes, trad. par Bacharach, notice par F. Fertiault. *Paris*, 1841, gr. in-8, d.-rel. *Fig.*

67. **Le Hay**. Recueil de cent estampes représentant différentes nations du Levant, en 1707 et 1708. *Paris*, 1714; in-fol., bas. marb.

68. **Lenfant**. Histoire de la guerre des Hussites et du Concile de Bâle. 2 vol. — Histoire du Concile de Pise. 2 vol. *Utrecht*, 1731. Ens., 4 vol. in-4, v. marb. *Portraits.*

69. **Lenfant** (J.). Histoire du Concile de Constance. *Amsterdam*, 1715; 2 vol. in-4, mar. rou. dent. *Port. gravé.*

70. **Lescure** (De). Napoléon et sa famille (1769-1821). *Paris, Ducrocq*, 1868; gr. in-8, br. *Fig.*

71. **Lingard**. Histoire d'Angleterre, trad. par de Roujoux. *Paris*, 1825; 10 vol. in-8, bas. gr.

72. **Madden**. The life and martyrdom of Savonarola. *London*, 1854; 2 vol. in-8, perc. *Fig.*

73. **Marco de Saint-Hilaire**. Histoire des Conspirations et des Exécutions politiques. *Paris, Havard*, 1840; 4 vol. in-8. d.-rel., chag. rou. *Figures.*

74. **Marot** (Cl.). OEuvres. *La Haye, P. Gosse et Neaulme*, 1731; 4 vol. in-4, v. marb. *Texte encadré. Portrait.*

75. **Mercure de France**. Janvier 1718 à juillet 1761. 273 vol. in-12, v. fau.

76. — Esprit du Mercure de France, depuis son origine jusqu'à 1792. *Paris, Barba*, 1810; 3 vol. in-8, br.

77. **Michelet**. Histoire de France (tomes I, II et III). — Origine du droit français. *Paris, Hachette*, 1835-37; 4 vol. in-8, br.

78. **Mille et une Nuits**. Contes arabes, traduits par Galland. *Paris, Bourdin*, 3 vol. gr. in-8, br. *Figures*.

79. **Molière**. Œuvres publiées par Bret. *Paris*, 1804; 6 vol. in-8, bas. rac. *Figures*.

80. **Montaigne**. Essais. *Paris, imp. de P. Didot l'aîné*, 1802; 4 vol. in-8., cart. n. rog. *Portrait, papier fin*.

81. **Montesquieu**. Œuvres. *Paris, Féret*, 1827; 8 vol. in-8, d.-rel. *Portrait*.

82. **MONTFAUCON** (B. de). L'Antiquité expliquée et représentée en figures. *Paris*, 1719-24; 15 vol. in-fol., v. fau.

83. **Monuments de Sicile**. Vues des monuments antiques. *Roma*, 1794; gr. in-4 obl., d.-rel.

84. **Napoléon I**er. Correspondance, publiée par ordre de l'empereur Napoléon III. *Paris, Imp. imp.*, 1858-66; tomes I à XIV, d.-rel. bas., tomes XV, XVI, XVII, XIX et XX, br. Ens., 19 vol. in-4.

85. **NAPOLÉON LOUIS BONAPARTE** (Le prince). Des Idées napoléoniennes. *Londres, Colburn*, 1839; gr. in-8, papier vélin, reliure anglaise en v. fau. plein.
  Envoi autographe signé : *Napoléon-Louis* à Mme la comtesse Guiccioli.

86. **Orsini** (L'abbé). La Vierge, histoire de la Mère de Dieu et de son culte. *Paris, Mercier*, 1844; 2 vol. gr. in-8, br. *Figures en taille-douce*.

87. **Ouvrages anglais** in-12 et in-18, rel. et cart., 45 vol.

88. **Pascal**. Lettres provinciales et Pensées. *Paris, Lefèvre*, 1821; 2 vol. in-8, bas. rac.

89. **Pasquier** (Et.). L'Interprétation des Institutes de Justinien. *Paris, Videcoq*, 1847; in-4, cart. n. rog.

90. **Rabelais**. OEuvres, publiées sous le titre de faits et dits du géant Gargantua (publiés par Le Duchat), s. l., 1732; 6 vol. in-12, v. marb. *Figures*.

91. **Racine** (J.). OEuvres, avec commentaires par Geoffroy. *Paris*, 1808; 7 vol. in-8, bas. rac. fil. *Portrait*.

92. **Racine** (J.). OEuvres, publiées par Petitot. *Paris*, 1825; 5 vol. in-8, d.-rel.

93. **Regnard**. OEuvres. *Paris, Lequien*, 1820; 6 vol. in-8, br. *Portrait*.

94. **Rémusat** (Ch. de). L'Angleterre au xviiie siècle. *Paris, Didier*, 1856; 2 vol. in-8, d.-rel.

95. **Reybaud** (L.). Jérôme Paturot à la recherche de la meilleure des Républiques. *Paris, Lévy*, 1849; gr. in-8, perc., tr. dor. *Vignettes*.

96. **Rousseau** (J.-J.). OEuvres. *Neuchatel*, 1764; 18 vol. in-8, v. marb., fil. *Vignettes de Gravelot*.

97. **Rousseau** (J.-J.). OEuvres. *Paris, Dupont*, 1823; 22 vol. in-8, d.-rel.

98. **Saint-Foix**. OEuvres complètes. *Paris, veuve Duchesne*; 1778; 6 vol. in-8, br. *Portrait*.

99. **Saint-Simon** (Le duc de). Mémoires complets et authentiques. *Paris, Delloye*, 1840; 38 tomes en 13 vol. in-12, d.-rel. *Portraits*.

100. **Scarron**. Le Roman comique. *Paris, Mars*, 1825; 2 vol. in-8, br. *Portrait*.

101. **Sévigné** (Mme de). Lettres. *Paris, Bossange*. 1818; 13 vol. in-18, bas. rac.

102. **Staël** (Mme la baronne de). Corinne ou l'Italie. *Paris, Treuttel*, 1841; 2 vol. gr. in-8 cart., tr. dor. *Vignettes*.

103. **Sterne**. OEuvres complètes, traduites de l'anglais. *Paris, Ledoux*, 1818; 4 vol. in-8, br.

104. **Tableaux de Paris**. Un vol. in-4 obl., d.-rel. mar. rou. *Figures lithographiées par Marlet*.

105. **Thaumas de la Thaumassière**. Histoire de Berry. *Bourges, Toubeau*, 1691 ; in-fol. bas.

106. **Thaumas de la Thaumassière**. Nouveaux Commentaires sur les coutumes générales des pays et duché de Berri. *Bourges*, 1750: in-fol. v. gr. — Décisions sur les coutumes de Berry, par le même. *Bourges*, 1667 ; in-4, v. br. Ens., 2 vol.

107. **Théâtre des Grecs**, traduit par le père Brumoy, revu par Raoul-Rochette. *Paris, Brissot-Thivars*, 1826; 16 vol. in-8, br.

108. **Thiers**. Histoire du Consulat et de l'Empire. *Paris, Lheureux*, 1861; 19 vol. in-8, d.-rel. perc. (tomes I à XIX).

109. **Thou** (De). Histoire universelle, depuis 1543 jusqu'en 1607. *Londres*, 1734; 16 vol. in-4, v. marb. *Portrait*.

110. **Voltaire**. OEuvres complètes. *Kehl, Imp. de la société litho.-typogr.*, 1784; 70 vol. in-8, br. *Figures*.

111. **Voltaire**. OEuvres complètes. *S. L.*, 1770; 62 vol. petit in-8, v. marb.

112. **Walter Scott**. OEuvres. *Paris, Gosselin*, 1824 ; 65 vol. in-18, bas. rac.

113. Cent exemplaires : Lord Byron jugé par les témoins de sa vie; 2 vol. in-8, br. *Paris, Amyot*, 1853.

MOBILIER

Voiture de Binder.

Batterie de cuisine, Services en porcelaine et en cristal. Bronzes. Pendules, Candélabres, Feux, etc.

Argenterie et Plaqué, Services de la maison Christofle.

Dentelles, Point d'Alençon, Malines et Valenciennes.

Étoffes pour robes en soie, satin velours et brocard.

Magnifique Service en fil d'massé.

Meubles en acajou, palissandre et bois doré pour anti-chambre, salle à manger, salons, chambre à coucher et bibliothèque.

Piano à queue, d'Érard.

Tapis de la Savonnerie, d'Aubusson et en moquette.

Tentures et Rideaux en damas de soie, velours, laine.

Glaces, dont une d'un grand volume.

Caisses de sûreté à un et deux vantaux.

Literie de maîtres et de domestiques, Débarras.

Vins français et étrangers, Liqueurs, 800 Bouteilles vides.

Vve Renou, Maulde et Cock, imprs de la Compagnie des Commissaires-Priseurs, rue de Rivoli, 144.   32654

Imprimé en France
FROC021853210120
23239FR00023B/604/P